CLAMATION

DE LA

MARITAINE,

NTRE UN ALMANACH-

É SOUS SON NOM.

RÉCLAMATION

DE LA

SAMARITAINE,

CONTRE UN ALMANACH

DONNÉ SOUS SON NOM.

A MM. LES PARISIENS.

Facundus ille vir cum malitiâ, egò mulier imperitâ.

AU CHATEAU DE LA SAMARITAINE;

Et se trouve à PARIS,

Chez les Marchands de Nouveautés.

---

1 Juillet 1787.

ÉPITRE
A THÉMIRE.

DAIGNE, Beauté jeune & naïve, daigne accorder ton suffrage à la malheureuse Samaritaine. Blâmer des attraits postiches, c'est faire l'éloge de ceux que t'a prodigués la Nature ; & le contraste de ton caractère, avec ceux que je dépeins, ne pourra que relever l'éclat de ton mérite.

Digne objet de tous les hommages, tu sais plaire à tes rivales malgré ta beauté ; & tu sais, quoique ſage, attacher à ton char juſqu'à nos agréables. Eſt-il un triomphe plus parfait ? Quel eſt le pouvoir des Graces, lorſqu'elles ſont les compagnes de la vertu !

Thémire parle-t elle ? on ne peut qu'admirer ; elle a tant d'eſprit ! Mais en eût-elle moins, n'en eût-elle pas ; ſa douceur, ſon ingénuité, ſa modeſtie lui en tiendroient lieu. Sans être ſavante, elle n'ignore rien de ce qu'elle doit ſavoir, & ſa touchante ſimplicité ajoute encore à l'intérêt qu'elle inſpire : l'art entre pour ſi peu dans ſa toilette ! c'eſt le goût, qui, presque seul, en fait les frais.

Ah! Thémire, charmante Thémire! souris à ma Réclamation, & tout le monde conviendra de la justice de ma cause. Charge-toi de ma défense; le méchant qui m'opprime, attaque ton Sexe, & l'imprudent n'a pas seulement excepté Thémire. Qu'il soit démenti, qu'il soit bafoué; ce n'est pas trop de toute l'indignation publique pour le châtier de sa témérité.

Mais, je le vois, tu blâmes

mon emportement, ton cœur ſe refuſe à une rigoureuſe ſévérité. Eh-bien! ſois indulgente tant qu'il te plaira, ménage mon ennemi; mais défens-moi de ſes injuſtes accuſations.

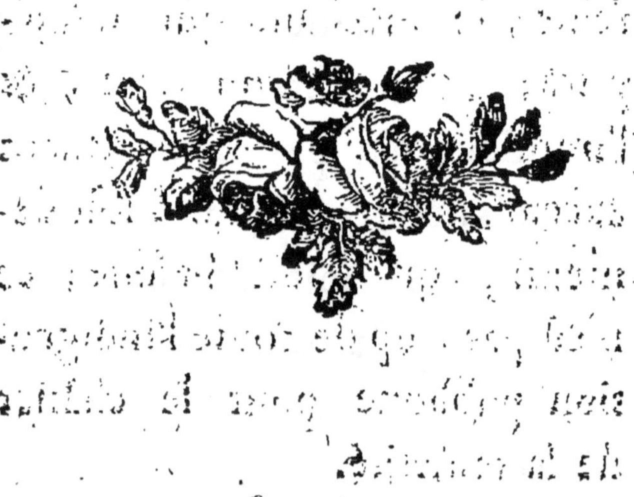

RÉCLAMATION
DE LA
SAMARITAINE,
CONTRE
UN ALMANACH
DONNÉ SOUS SON NOM.

MÉFIEZ-VOUS de tous ces officieux, qui, ſans qu'on les en prie, entreprennent de défendre le monde ; ils en veulent toujours à votre bourſe.

Comme moi, le Public vient

d'être leur dupe ; car, en cherchant à ternir ma réputation, un méchant a trouvé le secret d'attraper son argent. Pour le mieux tromper, il a souvent mêlé le vrai & le faux ; quelquefois même il me fait parler de mes avantages avec vanité. Quelle finesse, que d'esprit dans son accusation ! Mais quelqu'ingénieusement cachée qu'elle soit, la vérité parvient toujours à dissiper les ténèbres du mensonge ; les entraves même qu'on lui a jettés ne servent bientôt après, qu'à la faire briller davantage.

Aussi vais-je dévoiler ce Prophète sans mission, qui a osé se ſervir de mon nom pour me couvrir de ridicule. J'expoſerai ſon injuſte conduite à mon égard ; on verra les inconſéquences & les contradictions qu'il me prête gratuitement, & qu'il m'eſt important de relever.

Me traiter de VIEILLE, à mon âge ! quelle indignité ! & c'eſt au milieu d'une Nation qui ſe pique de politeſſe, au centre de la premiere Capitale du Monde, qu'on oſe m'apoſtropher ſi malhonnêtement ! O Nation jadis ſi courtoiſe, as-tu pu lire ?.... Car c'eſt à toi que cette plume incivile a la témérité d'adreſſer ſon libelle. MA PATRIE, s'écrie cet

Auteur ; & tu vois, tu permets qu'on imprime ſous tes auſpices, un Ouvrage. . . .

Peut-être le titre t'a-t'il trompé, & j'aime à me perſuader que je n'ai pas encore perdu ton eſtime ; mais je ſuis un peu délicate, ou plutôt bien ſinguliere ; car, contre tout uſage, je préfere l'eſtime au reſpect. Adopter avec enthouſiaſme un Ouvrage, parce qu'il paroîtroit ſous mon nom ; ce ſeroit de votre part, Meſſieurs les Pariſiens, une galanterie peu fine. Un tel encens n'eſt point fait pour flatter des ſens délicats. Mais, après avoir lû ce Livre ſi fameux, en faire l'éloge, quoiqu'il ſoit rempli d'injures, même contre moi; avouez que c'eſt injuſtice, ou pour le moins, inconſéquence, aveuglement, &c.

O ma chère Patrie! un jugement ſi peu réflechi prouveroit bien mal en votre faveur. Quoi! toujours de la légereté! toujours l'oreille ouverte à la calomnie! Pour dire des injures avec impunité, il ſuffira donc à préſent, de les caſer malignement dans une brochure? Sur la premiere feuille on lira: PAR LA SAMARITAINE, & la Samaritaine ſera le plus amère Critique du jour. On le répetera; même en le répérant, on se le persuadera. O Vérité, Justice, Reconnoissance ! venez donc dissiper les ténèbres épaisses qui couvrent notre horizon.

Qu'un jeune Athlète encore timide n'avance dans la carrière des Lettres qu'à l'abri d'un nom féminin, rien de mieux imaginé; on ne peut demander l'indulgence du Public d'une maniere plus décente. L'Anonyme est, dit-on, une voie moins sûre & plus propre seulement à sonder le Public. Pour moi, je trouve l'Anonyme fort agréable. Quel plaisir de pouvoir étendre soi-même son horizon litteraire !

Par-tout on peut parler de soi : connoissez - vous cet Ouvrage, Messieurs ? Quoi ! vous ne l'avez pas encore vû ? il paroît cependant depuis huit jours. Alors on en lit un chapitre à l'ouverture du livre ; on sait toutefois auquel on s'adresse : on critique une phrase ; c'est toujours la meilleure.

Soupçonner hautement tel & tel d'être Auteurs de son Ouvrage, faire des Extraits, écrire aux Journalistes ; manéges adroits, qui, bien combinés, conduisent nécessairement à la gloire : car le jour arrive, où, le jugement porté, le succès assuré, on laisse enfin échapper un mot, un petit mot..... Ou bien un Libraire bavard, indiscret, délie le nœud gordien. Chacun alors se repent d'avoir parlé; il n'est plus tems, quand les avis sont donnés. Heureux, un million de fois heureux l'Auteur Anonyme!

Grand Prophète de ce siécle d'ignorance, dites-vous, illustre Antagoniste de la mode & de la Samaritaine, qui pourtant ne la suit pas; que ne vous couvrîtes-vous de ce voile si commode? Croyez-vous échapper par votre artifice, aux regards curieux du Public? vous êtes dans l'erreur. Si sa vue, toute perçante qu'elle soit, ne vous a point encore découvert; ses recherches ne seront pas toujours infructueuses, je l'espere; & bientôt guidé par l'immortel Astrologue de Liége.....

Attaquer * * *! ah! c'est un si bon homme! *Despréaux.*

Jamais il ne nous a menacés de neige pour le mois d'Août, ni de la foudre pour le mois de Janvier. Sans lui, sans une profonde méditation de son génie, eussiez-vous imaginé cette heureuse division, dont vous faites l'un & l'autre, un usage si différent? Téméraire! fléchissez le genou devant votre Maître.

Pour moi, vous le savez, mes chers Parisiens, toute ma vie j'ai pris plaisir à vous distribuer avec abondance, une eau pure & bienfaisante ; toujours attentive à votre bonheur, vous m'avez vu partager & votre joie & votre tristesse.

Ce fut le chagrin de vous voir malheureux, ce fut le désespoir qui changea en mélancolie, ma gaieté ci-devant continuelle. Je vous ai toujours aimé; pouvois-je être tranquille, sachant les plus braves d'entre vous exposés aux dangers de la guerre ? Pouvois-je alors faire entendre ces airs harmonieux, dont auparavant j'avois amusé vos loisirs ? La douleur me les a tous fait oublier, mais elle n'a pas changé mon cœur.

Toute femme est femme, c'est l'outrager que de lui reprocher un grand âge. Qui ne s'offenseroit d'une telle insulte ? car dans ce moment même, où chacun rit de ma douleur, où personne n'ose prendre ma défense, je ne puis en attribuer la cause qu'à la malheureuse accusation portée contre moi.

Mais j'en appelle à vous, Abbés musqués, élégans Volontaires, brillans Marquis : j'en appelle à vous tous, Petits-Maîtres pincés, justes appréciateurs, juges-nés de la beauté.

Suis-je donc à rejetter? mes traits, sont-ils tant altérés? Peut-être ai-je perdu quelque chose de l'éclat de ma premiere jeunesse; mais il me reste assez d'attraits, pour fixer encore vos regards.

En vain penchée sur mon urne, je cherche d'un œil curieux & même désintéressé, quelque chose qui justifie mon Accusateur. L'onde m'est infidelle, où vous conviendrez de la noirceur de la calomnie. Je ne découvre sur mon front aucun témoignage de décrépitude. Les rides cependant accompagnent toujours la vieilleſſe. Dira-t-on qu'une main induſtrieuſe répare tous les matins les ravages du tems? qu'un pinceau délicat rajeunit mes attraits, & déguiſe de languiſſans débris de roſes en des boutons naiſſans?

Oh! je le ſais; d'ingénieuſes coquettes, vieilles à vingt ans, tirent leurs charmes d'une boîte de carmin. Elles ont raiſon, puiſqu'un goût dépravé fait confondre à notre jeuneſſe blazée, l'Art avec la Nature. Pour moi, & en cela je ſuis du bon vieux tems, j'aime mieux la Nature; je ne peins ni mes joues, ni mes ſourcils. On m'en croira facilement ; car ces petites métamorphoſes s'operent dans le ſecret, & je fais ma toilette toujours en public.

Oh, bon Dieu ! quel pitoyable accoutrement ! s'écria Béliſe, en m'adreſſant la parole ces jours paſſés : quelle miſe piteuſe & meſquine ! Quoi ! ſans redingotte ! vous n'avez pas ſeulement de fichu menteur, & vous pouvez vivre avec des cheveux d'une couleur ſi affreuſe ! Ah ! ha ! c'eſt horrible ! ils ſont d'un blond ! vous êtes rouſſe exactement, mais rouſſe à faire peur ! Que ne portez-vous une perruque méchanique ! Burlandeux est fort adroit ; il vous feroit même des sourcils, qui imiteroient parfaitement le naturel. Pour une misere d'ailleurs, vous pourriez faire teindre les vôtres. Allez chez. . . . ; il vous les rendra noirs comme jaspe, comme les miens.— Retournez-y vous-même, tête légere, faites-vous encore plâtrer ; faites-vous même plomber : cela vous donnera peut-être plus de consistance.— Vous êtes bien originale, la Samaritaine ! Oh! affichez tant qu'il vous plaira la pruderie ; Madame Bélise veut bien vous en avertir, votre poussiere n'aveugle personne. Pour ne pas donner votre pratique à la Mode, vous n'en n'êtes pas moins coquette. — Moi, coquette ! — Oui, coquette & petite-maîtresse ; fort déplacée à la vérité, fort ridicule ; & cela, je vous le dis d'amitié, cela vous va fort mal. Dernierement encore, chacun s'en rappelle, & j'en ai bien ri dans le coin de mon feu ; j'étois avec le petit Comte, quand Mélidore est entré.

Vous ne savez pas une nouvelle, ma belle Dame ; oh ! la chose la plus originale, la plus incroyable ! — Il n'est pas possible ; dites donc vîte ; est ce qu'il fait froid ? — Bien plus fort, ma belle Dame, bien plus fort. Je viens de voir la Samaritaine. Il faut qu'elle ait bien envie de se faire voir, pour rester à son balcon par le tems qu'il fait. Elle est poudrée à blanc & chargée de diamans les plus gros que j'aye jamais vus. Oh la belle riviere ! les boutiques de nos bijoutiers n'offrent rien de pareil. Eh-bien ! malgré tout cet étalage, elle attire à peine quelques regards des passans; chacun la voit & se sauve, en se couvrant les yeux de son manchon.—Impudente que vous êtes, ajoutez donc que, comme tant d'autres, vous vous êtes réjoui de voir fondre cette richesse.

Combien, depuis le nouvel an, n'ai-je pas eu à souffrir de tous les passans! Les Ecoliers sont, je crois, les seuls qui ayent conservé du respect pour ma personne. Ce seroit surprenant, si la politique n'étoit pas de tous les âges; mais ce fameux titre de Douairiere dont m'a généreusement gratifié mon Adversaire, ce titre leur en a imposé. Ils ont cru par ce ménagement, tirer parti de moi; erreur de leur part; l'intérêt même que je prends à leur avancement, m'empêchera de jamais demander des congés pour eux.

Ne le disons pas trop haut: cet

cet aveu même pourroit les fâcher, & Dieu me garde de m'en faire des ennemis ; j'aimerois mieux renoncer à ma Réclamation.

Ce seroit cependant un bien grand sacrifice ; car, quand on peut répondre à qui nous attaque, on auroit grand tort de garder le silence, & je ne veux pas plus qu'un autre, passer pour une bête. Autant vaudroit-il qu'on me crût méchante ; du moins on se méfieroit de moi. Mais loin de craindre la pauvre Samaritaine, on se moque d'elle ; selon les apparences même, on croyoit le faire toujours avec impunité. Il y a si long-tems que je garde le silence, & cela sans être muette! J'avoue, Messieurs les Rieurs, que vous avez sujet d'être surpris, d'autant plus, que je n'ai pas fait de vœux. Quels sont les vœux d'ailleurs qui obligent à un silence éternel?

Il faut que ma conduite prête bien peu à la satyre, pour qu'on m'attaque de ce côté. Rarement on parle du babil d'une femme en particulier; on le reproche au Sexe, encore d'assez mauvaise grace. Les gens sensés ne nous font pas plus un crime de babiller, qu'à un mari de ne pas aimer sa femme, ou à celle-ci de ruiner son mari. On est philosophe dans ce siécle; on sait ce qui est de raison.

Aussi convient-on assez facilement de ses petites foiblesses, sur-tout quand elles sont présentées d'une maniere fine & délicate. Plus d'une femme a ri, j'en suis sûre, en lisant que LE SEXE PARLE MOINS EN FÉVRIER QUE DANS LE RESTE DE L'ANNÉE. C'est une vérité; nous parlons moins dans ce mois que dans tout autre, mais non point parce qu'il n'a que 28 jours : c'est par une raison toute différente, & pourtant fort simple.

D'après les belles promeſſes de leurs maris au commencement de l'année, les femmes cherchent à ſe corriger de leur babil, & plus d'une fois dans le courant de ce mois, on a eu de la peine à diſtinguer les ſexes. Mais les hommes deviennent alors ſi foux, ſi foux, que par prudence même, les femmes ſe voyent obligées de reprendre leur bonne habitude de gronder; c'eſt leur premiere pénitence du Carême.

Courage, courage, mes cheres Compagnes; cauſons, cauſons toujours, & que les vains diſcours d'un fâcheux ne nous imposent point le silence.

Ce reproche fût-il fondé, ce n'est point à vous qu'il s'adresse, tendre & sensible Beauharnois, parlez toujours à nos cœurs; parlez toujours à nos esprits, aimable Bourdic: que vos discours ne soient point interrompus; que (1) l'Art de Dupont puisse seul nous transmettre vos jolies idées. Il vous en coûte si peu pour mériter l'admiration générale!

Allons, Mesdames; vîte un Livre nouveau: que J'EN PLACE L'ANNONCE A LA POINTE DE

(1) L'Art d'écrire aussi vite que la parole.

MON AIGUILLE : je serois flattée que ce fût une femme, qui la premiere méritât cet honneur. Il seroit bien plus naturel à la vérité, de dire d'un bon Ouvrage qu'il est écrit à la Bourdic, à la Beauharnois ; mais que voulez-vous ? tout est de convention, & A LA SAMARITAINE vaudra bien à l'*Immortalité*. (1) Je serai, sinon plus respectable qu'elle, au moins plus respectée : on ne me refusera pas, sans doute, d'être plus jeune que l'Immortalité.

Il y a long-tems que je priois inutilement mon Gouverneur de m'acheter une bibliotheque,

(1) Devise de l'Académie.

fût ce à la toiſe, s'il eût voulu me conſerver le ton du grand monde : mais je n'en aurai plus beſoin ; je ſerai bientôt au fait des nouveautés, & point du tout obligée de m'en rapporter au jugement d'autrui ſur un Ouvrage. Je n'aurai plus de peine à me donner, pour en attrapper, un jour une phraſe ; le lendemain une autre, encore tronquée ou augmentée. Nos ſavans ſont ſi ſavans, & nos gens d'eſprit ſi bêtes, qu'on dort avec les premiers, & qu'on s'ennuie avec les autres. Comment un Lecteur, d'ailleurs diſtrait, pouvoit-il me rapporter aucun paſſage avec fidélité ? Mais je lirai moi-même par la ſuite les Auteurs nouveaux, & en même tems je verrai les anciens, quoique par extraits.

A propos, qu'eſt-ce que cet *Ane promeneur* avec ce certain Critès qui courent Paris depuis quelque tems ? On les dit rêvant tout debout, & plus ſages en rêve que quand ils veillent ; caractère de ſavans. A parler vrai, j'ai de la peine à croire à cet Ane là. Il n'a pas ſeulement été attiré par les chardons, que mon Adverſaire a remarqués autour du bon Henry. La grille ne l'auroit pas arrêté, lui qui a des globes en ſa diſpoſition.

Pour vous, Monſieur le faiſeur d'Almanach ſans calendrier, n'accuſez pas plus le Prince de Béarn d'être un Petit-Maître, que la Samaritaine une BAVARDE.

Mais en vérité, c'eſt trop de complaiſance de ma part, que de répondre à de telles imputations. Que voulez-vous, Lecteur ? tel eſt le monde. Le plus honnête-homme parle-t-il bien d'un autre, même en s'appuyant de bonnes preuves, il eſt à peine cru. Pour la calomnie, elle n'a pas beſoin de probabilité pour ſe ſoutenir. Nul qui puiſſe s'y ſouſtraire : Baſile, le pudic, l'ingénieux Baſile en eſt lui même la victime, tout aussi bien que Figaro. Ils ont eu beau dire : la calomnie compere, la calomnie ! beau la pratiquer, la mettre en honneur, leur prudence a été en défaut ; la calomnie leur a fait faux-bond, & les voilà, malgré leur précaution inutile, confondus avec les Jeannot, les les Mesmero, &c. &c. &c. . . . .

O Vanité, & tout n'est que Vanité !

Quoi ! le sifler d'un misérable Savetier l'emporteroit sur les *bravos* cent fois si répetés d'un Public votre zelé admirateur ? Moquez-vous de tous ces *Abams*, maître Figaro. Braillez, braillez donc, & Crites vous eût il fait descendre sur le Théâtre des délassemens, avec l'âne du cher Neveu, ou promené sur l'âne de Mesmer; si vous braillez, vous reviendrez tout triomphant sur l'âne de Jéricho.

Pour moi, j'ai peut-être eu tort de me défendre; je l'aurois fait plus surement par le silence. En parlant, je donne plus de droits à mon Adversaire. N'importe; j'ai commencé, il n'est plus tems de revenir sur mes pas. Après l'avantage de servir ma Patrie, celui de prévoir l'avênir m'a de tout tems flatté le plus. Je ne dois donc point être surprise que mon Adversaire m'attaque de ce côté. Mais le faire d'une maniere aussi mal-adroite, m'attribuer des Prédictions vagues, inexactes, des réflexions souvent mal-fondées, toujours décousues, passer les choses les plus dignes d'être annoncées ; c'est une méchanceté sans exemple, & la Samaritaine n'a jamais eu plus qu'en ce moment, le droit de s'écrier :

En vain par mille & mille outrages,
Mes ennemis dans leurs Ouvrages,
Ont cru me rendre affreux aux yeux de l'Univers :
*** pour décrier mon style,
A pris un chemin plus facile ;
C'est de m'attribuer ses vers. *Boil.*

Personne

Personne, dit mon Adversaire ; n'est plus en état que moi de faire un Almanach. Sans doute, & la raison qu'il en donne, est très-claire. Mais tel & tel qui n'ont pas le même droit, n'en font pas moins des Almanachs. Pourquoi donc veut-il surprendre la bonne-foi du Public ? Pourquoi me dit il Auteur de son Ouvrage ? Que ne le donnoit-il tout simplement sous son nom ?

> Chacun à ce métier,
> Peut perdre impunément de l'encre & du papier. *Boil.*

Il me répondra que le titre l'embarrassoit. Ah ! j'avoue qu'il n'est pas facile de trouver des titres. Si cependant il m'eût consulté, je lui en aurois indiqué un bien fin, bien piquant, tout-à-fait extraordinaire, réellement convenable au sujet; en un mot, un titre neuf, celui d'*Almanach des Mois.*

Mais en Littérature, comme en Politique, les bonnes idées viennent souvent à ceux qui n'en ont pas besoin; d'autres fois elles viennent trop tard. Moi-même dans ce moment-ci, qu'un tiers de ma Défense est déjà imprimé, je suis fâchée de l'avoir nommée *Réclamation.* Ce titre est rampant; *Fulmina-*

tion de l'Almanach de la Samaritaine, c'eût été là un titre triomphant.

Toujours des écarts, toujours des détails, toujours des minuties! Ah! Samaritaine, vous voulez singer les Auteurs du jour, cela vous va mal: vous n'avez pas, comme eux, le génie des liaisons, l'esprit des à-propos, la légèreté de style.— Cependant se couvrir de mon nom, comme d'un égide, n'est-ce pas rendre hommage à mon mérite?—Soit. Eh-bien! à présent qu'on vous regarde comme une femme d'esprit, ne parlez donc pas; vous allez désabuser le Public : il eſt bien plus ſage de profiter de ſon erreur. — Non, Monſieur, je veux qu'on me juge telle que je ſuis; ſotte ſi je ne dis que des ſottiſes ; mais non pas vieille, non pas bavarde, parce que je ne ſuis ni l'une, ni l'autre, comme je crois l'avoir prouvé.

Je vais donc à préſent examiner les Prédictions de mon Adverſaire. Je releverai ſans peine les erreurs des ſix premiers mois. Comme ils ſont paſſés, j'aurai toujours mes preuves en main.

EXAMEN des six premiers Mois du soi-disant Almanach de la Samaritaine.

ON va peut-être m'objecter que prédire les choses, quand elles sont passées, ce n'est pas un grand sortilége : mais les Poëtes ont bien usurpé ce droit, eux à qui le mensonge est permis; je le puis faire comme eux, dussent les Historiens, par vengeance, mentir toujours autant que les Poëtes & les Astrologues.

Annoncer des Courtisans pour le mois de Janvier; pour Février, encore des Masques;

pour Avril, encore des foux, mais orgueilleusement huchés sur de téméraires Phaëtons : c'eût été fort bien, si notre Auteur fût entré dans les détails nécessaires. Pourquoi ne s'est-il pas étendu davantage sur ce chapitre ? Je le vois ici en contradiction avec lui-même. Vouloir faire passer la Samaritaine pour une bavarde & la faire peu parler, c'est une inconséquence marquée.

J'avoue que les Dames aiment beaucoup la variété, même en leurs discours ; qu'elles passent rapidement d'un sujet à un autre ; que les transitions les plus heureuſes ſont du reſſort de leur imagination ; qu'enfin la langue féminine eſt comme l'induſtrieuſe Abeille, qui voltigeant dans un parterre, pique mille & mille fleurs pour compoſer ſon miel. Mais ſi l'Abeille quitte une belle fleur, elle y revient, elle y revient ſans ceſſe.

Pourquoi ne pas ſoutenir votre déguiſement, Madame la Samaritaine ? Vous avez de grandes diſpoſitions pour votre rôle, pourquoi donc en négligez-vous l'expreſſion ? Quand on joue un perſonnage, il faut en avoir juſques aux défauts : ſans cela, plus de naturel.

Il y a beaucoup de choſes à dire ſur votre article de Janvier. Vous conviendrez que les ſalamaleck, les embraſſemens, les ſerremens de mains, les proteſtations d'amitié, ſont de tous les mois, plutôt que de Janvier. A préſent les viſites du nouvel an ne ſont plus de mode, parmi les honnêtes gens ; il n'eſt plus que les Laquais qui ſe donnent le bon jour en portant les cartes de leurs Maîtres.

Cette coutume des viſites devenoit trop gênante. Monſieur avoit ſes amis, Madame ſes connoiſſances. Les amis de Monſieur vouloient voir Madame, les connoissances de Madame vouloient avoir entrée dans la maison de Monsieur; on profitoit du nouvel an : mais cela faisoit des visites à recevoir, des visites à rendre ; on n'avoit jamais fini.

L'Année ne commence pas bien, disent les solliciteurs, les Maîtres, les Galans, tous ceux enfin qui ont des étrennes à donner. Oui ; mais ceux qui les reçoivent, disent au contraire qu'elle ne commence pas mal.

Souvent on se trompe sur le produit d'une place ; cela n'est pas étonnant ; on ne met pas en ligne de compte les Etrennes, qui le doublent ou le diminuent de moitié.

Dorilas a été fort content de son nouvel an. Tel homme à qui il avoit fait gagner un Procès considérable, lui a fait un riche cadeau. Aussi en a-t-il fait un à son tour à telle autre personne qui lui avoit rendu un grand service; mais l'adroit, l'orgueilleux Dorilas n'a en cela d'autre mérite, que celui de s'être fait payer d'un côté, & de s'être acquitté de l'autre: bienfaisance & reconnoissance sont des mots inconnus pour lui. Que de gens ressemblent à Dorilas! Comment mon Censeur n'en a-t il pas remarqué?

Comment s'est-il contenté de

dire un mot des folies du Carnaval ? Elles ſont pourtant bien intéreſſantes à Paris ; car riche ou non, homme ou femme, tout le monde s'y déguiſe. Ce goût des déguiſemens a même été porté à ſon comble cette année. Bals publics, Bals particuliers, les caffés, les voitures, les rues, tout étoit rempli de maſques.

Mais les plus beaux n'étoient pas à l'Opéra ; c'étoit au grand Sallon qu'il falloit les voir. Rien de plus fade qu'un *Domino* ; parlez-moi de la robe d'un Commiſſaire ſur les épaules de ſon clerc, ou de la ſeringue dont s'est armé le fils d'un Apothicaire. J'aime encore beaucoup à voir une belle en frac, donner des leçons de galanterie à son Amant contrefaisant la Bergère.

Pourquoi n'y a t-il donc qu'un Carnaval dans l'année? A peine est-on en train de se réjouir, qu'UN PEU DE CENDRES MISES SUR LES TÊTES, les démonte, au moins la plûpart; car il en est quelques-unes plus difficiles que les autres à guérir de leur folie. Ce sont les têtes de cette trempe qui ont donné à Gresset l'idée de son *Carême impromptu.*

Oh! le cruel mois que celui de Mars! il se présente toujours sous un un aſpect effrayant. Couvert d'un cilice gros & noir, il ne nous annonce que reproches & pénitences. A peine paroît-il, que ſon ton grondeur effarouche la beauté. Avec cela, il eſt d'une curioſité.... Il faut tout lui dire, même ce qu'on cache aux mamans. Oh ! le cruel mois !

J'avouerai cependant qu'il eſt beau, de ſa tribune, de charmer & d'édifier toute une Paroiſſe, par ſes graces & ſa piété. On eſt flattée d'occuper les premieres places devant un éloquent Prédicateur ; les larmes aux yeux, de dépoſer à la bourſe, bien plus encore au baſſin d'argent, ou au bonnet quarré, toujours avec une dévotieuse révérence. Malheureuse vanité, pourquoi nous faire perdre si souvent le prix de nos bonnes œuvres ?

Quel spectacle plus capable de toucher une ame sensible, que celui de la Procession des Rameaux ? Je la vois tous les ans avec une nouvelle émotion. Que l'Almanach dit de la Samaritaine ne l'ait pas annoncée, cela ne me surprend pas. Son Auteur a pris à tâche de faire rire ses lecteurs d'un bout à l'autre de son Ouvrage. Pour moi j'aime à exciter tantôt le rire, tantôt les pleurs : c'est trop ...

treprendre pour réussir. Qu'importe? *miscere seria ludis*, voilà ma devise. Je la tiens d'un homme qui sait de son latin, tout juste ce qu'il en faut pour expliquer cette phrase. Quand on n'est pas riche en littérature, on tire tout le parti possible de son petit avoir. Ainsi ne m'en voulez pas, belles Dames, de ce que je vous parle latin. Si ces mots barbares vont jusqu'à vous, ce sera sans doute, au moment de votre toilette, & quelques jeunes Abbés qui s'y trouveront, seront flattés d'être mes interprêtes auprès de vous.

Que dis-je? autrefois parler aux Graces le langage des Muſes, c'eût été les effaroucher ; mais depuis que la ſcience eſt au rabais, tout le monde court l'acheter au...... Rien de plus commun que de voir Apollon quitter galamment le large feutre & l'hermine, pour ſe nicher ſous le chapeau de gaze & le mantelet de ſatin.

C'eſt du joli cela. Si vous n'avez pas ri, j'ai perdu ma cauſe; ſi vous ne riez qu'à l'article ſuivant, il ſera trop tard, je dirai encore : j'ai perdu ma cauſe. Mais non, vous n'y rirez point, femmes vertueuſes & charitables, quel que ſoit le ſtyle de la Samaritaine: car ſi cette peinture vous déplaît, au moins l'objet du peintre vous fera-t-il verser des pleurs.

Qu'un Vainqueur insolent traîne à son char des milliers de captifs ; je gémis de son fol orgueil : mais qu'un Clergé respectable promène en triomphe, des malheureux dont il vient de briser les fers ; mon cœur attendri reconnoit les Ministres d'un Dieu. J'admire leur charité ; j'admire leur attentive prévoyance, dans le voile qui couvre ce pauvre & donne plus de prix à la bienfaisance.

Mais hélas ! en vain te caches-tu sous ton aulne de toile, père infortuné; la rougeur qui couvre ton front, n'est inconnue à personne. Ton nom de la bouche du Marguillier passe en celle des Dévotes. Bientôt le Bedeau dira qu'il te connoît, & prends garde de te trouver jamais avec lui. D'un air obligeant & protecteur, fusses-tu accompagné de ta femme & tes enfans, il te demanderoit comment, depuis les Rameaux, tu auras gouverné tes affaires.

Par-tout, par-tout des abus, même dans les choses les plus saintes. Le rachat des prisonniers pour mois de nourrice, n'en doit pas moins édifier tout le monde. MA CRUCHE, MA FONTAINE, MA DORURE QUE JE NE VENDRAI JAMAIS POUR SATISFAIRE LA VORACITÉ DES PROCUREURS ; mon Château dont le prix ne ſera jamais employé en frais d'épices ; je ſacrifierois tout, pour rendre un père à ſa famille éplorée.

Il me ſemble voir ſon épouſe renaiſſante lui ſauter au col ; je l'entends cette bonne mère, mêler les tranſports de la tendreſſe à ceux de l'eſpérance. Plus d'inquiétude pour le lendemain ; elle va partager ſans crainte le morceau de pain qu'elle ménageoit à ſes enfans. Eveillés en ſurſaut à une voix qu'ils n'ont pas oubliée, ces infortunés, cauſes & victimes également innocentes du malheur de leur père, ces infortunés ne ſongent plus à leur faim ; ils ne demandent que des baiſers, ils n'en reçoivent jamais aſſez. Juſtes interprêtes des larmes de leurs parens, ils n'y répondent que par un doux ſourire, qui les fait couler avec plus d'abondance.

Quel moment délicieux ! Pourquoi le vois je interrompu ? Père cruel, pourquoi t'arracher à des careſſes ſi touchantes ? Pourquoi...... Ah ! pardon ! pardon ! Homme vertueux, père tendre autant que chéri, digne époux d'une mère prudente, reçois de ses mains ces instrumens que te présente sa prévoyance ; va, mon ami, va gagner par ton travail, de quoi nourrir tes enfans.

Quel est donc cet Astrologue qui a pu parler du mois d'Avril & point de la procession des Rameaux ? Cela l'eût-il empêché d'annoncer les promenades de Longchamp ? Qu'en dit-il d'ailleurs de si intéressant ? Après quelques réflexions, la plupart assez froides, il nous apprend qu'UNE VOITURE SE ROMPRA. Belle prédiction vraiment ! Il ajoute que ce ſera PAR LA FAUTE DU COCHER. Oh ! tout le monde ſait que c'eſt un Phaëton qui a été renverſé ; que le Conducteur n'étoit point un Cocher, mais un beau Cavalier. Il étoit accompagné d'une jolie Femme, & l'on prétend que ce malheur eſt arrivé par ſa faute ! Par ſa faute ? Quoi ! vous êtes aſſez peu galant, Monſieur l'Auteur, pour croire qu'on puiſſe être mal-adroit en ſi belle compagnie ! rougiſſez d'une telle penſée.

Il eût été beaucoup mieux de nous annoncer ces chars élégans, chefs-d'œuvres de l'Art, où brilloient à l'envi l'or, l'argent, le bronze & l'acier ; & ces superbes attelages de chevaux Ysabelles, tous six frères, du même âge, tous égaux en beauté comme en légereté ; & ces nobles coursiers à la tête altiere, dont la bouche indocile au frein, sembloit répéter le cri de leur patrie : Liberté, liberté !

On les voyoit, on les admiroit, & aussi-tôt on ne les voyoit plus. Point de route marquée pour eux ; tout sentier leur déplaisoit. Impétueux comme le tourbillon, leur course sembloit le vol de l'hirondelle.

Fiers de cette agilité, leurs intrépides Cavaliers se voyoient portés l'un à gauche, l'autre à droite, au milieu des brouſſailles & des taillis ; ici, ſous le hêtre élevé ; là, dans les branches du pin, ſans jamais craindre ni le ſort d'Abſalon, ni le martyre d'Hippolyte.

Rien de tout cela dans l'Almanach qu'on m'attribue. J'avois remarqué, comme mon Cenſeur, que le mois de Mai réveilleroit la Nature. Le joli enfant que celui là ! Oh ! quoi qu'en diſe un Fâcheux plus vieux que moi, puiſqu'il eſt jaloux, quoi qu'il en diſe ; Mai, tout eſpiègle qu'il ſoit, eſt bien le plus gentil, le plus aimable des douze

douze frères. Quelle fraîcheur ! comme il a le teint vermeil ! Sous ses pas naissent les fleurs ; ce n'est pas l'ambre, ce n'est pas le musc qu'il exhale ; c'est le composé le plus parfait des odeurs les plus délicieuses.

Associé de l'Amour, ils s'aiment comme deux frères devroient s'aimer. Les bons, les fidèles amis ! aussi sont ils de la campagne : on les voit peu à la ville ; si quelquefois à l'Opéra, c'est toujours en peinture. Puis, ce sont de petits éveillés bien matineux, & vous vous levez toujours si tard, Messieurs les Parisiens ! Courez donc du moins après eux, allez les chercher à Saint-Cloud ; vous êtes sûrs de les y trouver : ils aiment bien leur belle maman, & sans cesse avec les Ris, les Jeux & les Grâces, ils folâtrent autour de son Palais.

Jeune Beauté, ces jolies roses, dont un matin, votre Amant vint parer vos appas, Mai lui en avoit fait cadeau. C'étoit Mai qui faisoit palpiter votre sein & qui coloroit les joues de celui que vous aimez. Si, d'une timidité respectueuse, vous l'avez vu passer tout-à-coup à une témérité. . . . ah ! n'en accusez pas Colin. Au moment qu'il étoit allé pour vous, dans le parterre de Flore, deux tourterelles.... L'une avoit fui comme l'Amante de Colin; l'autre l'avoit poursuivi. Quand Mai commande, prévoit-on les suites d'un voluptueux abandon?

Que vois je? pourquoi ce bruyant concours? Hommes & femmes, jeunes & vieux, tous sont en marche. Echappé à la poussière de son étude, le Clerc agile en va ramasser une plus glorieuse. Il n'est pas encore à cent pas de sa noire prison, que son imagination, qui le précède, a déjà parcouru le Champ de Mars. Il croit entendre déjà le canon; il court, il vole où le Dieu des combats l'appelle.

En balançoire ſur une Roſſinante, un faquin pique hardiment des deux, & paſſe tout triomphant le Comte & le Baron. La raiſon en eſt toute ſimple, c'eſt que ceux-ci n'ont pas loué leurs montures & qu'ils les ménagent.

Vous parlerai-je du Marchand dans le modeſte ſapin avec une griſette? de la jolie Limonadière, que le Financier conduit en remiſe, préférable, dans cette circonſtance, à ſa voiture dórée? Vous parlerai-je des boutiques déſertes, ainſi que les bureaux& les atteliers? du Peintre, dont l'imagination s'échauffe à la vue d'une peuple si nombreux ? du Poëte, que la curiosité entraîne dans la foule ? A quelle épreuve, direz-vous, il va soumettre encore son habit jadis noir ? Point d'inquiétude : loin de l'endommager, la poussière cachant les taches dont vous le voyez couvert, en rendra la teinte plus égale.

Regardez cette désobligante qui s'avance. C'est le cabinet d'étude de ce Médecin si couru, si courant. Il l'a cédé pour aujourd'hui, à sa chère moitié, résolu de promener toute l'aprèsdinée, sa science sur un bec à corbin.

Un salut respectueux du Poëte lui vaudra la seconde place de la voiture. Elle avoit été destinée à un jeune étudiant vice-gérent du frêle Docteur : mais une affluence imprévue de malades. . . ou plutôt il avoit trouvé une autre compagnie.

Pas un seul article sur la revue du Roi, dans tout l'Almanach de la Samaritaine. Que de scènes cependant m'a offert ce beau jour de la revue ! Je n'aurois jamais fini de vous les dépeindre toutes. Plus comiques les unes que les autres, elles se sont succédé avec une rapidité.... Oh! quoique toujours à ma fenêtre, je n'ai pas eu le tems de m'ennuyer.

Si cependant j'avois eu une voiture, je ſerois allé, comme tout le monde, au Champ de Mars. Ce n'eſt pas que les jambes me manquent; j'en ai de bonnes, Dieu merci, & je ſuis debout tout le jour, ſans jamais me laſſer. Mais pouvois-je me confondre avec tant de petites ouvrières, tant de femmes publiques, tant de gens du commun, qui accoſtent imprudemment les chevaux de l'Actrice & de l'Homme de Cour. Il y a ſi peu de différence entre l'honnête femme & celle qui ne l'est pas, quant à l'extérieur ! Non, non ! je n'ai pas voulu me compromettre : car je n'ai pas seulement un grand & beau laquais qui puisse me donner le bras & me faire distinguer dans la foule. Ma voiture, mes gens, mon Gouverneur s'est tout approprié. Que-voulez-vous ? il est du bon ton de ne pas savoir gouverner ses affaires : on prend un Intendant; c'est comme se nommer un légataire universel, avec cette différence cependant, que celui-ci ne se contente pas du titre de présomptif; il fait tout de suite valoir ses droits.

Mais à quoi bon vous occuper de mes Jerémiades ? écoutez plûtot ceux qui sont allés à la revue : ils vous diront tous, comme à moi : nous avons vu le Roi, nous avons vu l'armée rangée sur deux lignes & exposée aux regards de son Maître. Tous les yeux se portoient avec ravissement sur le tendre Père de son Peuple. Grand au milieu de ses Soldats, comme entouré de ses Ministres, il donne aux uns & aux autres, des exemples également éclatans.

Les processions de la Fête-Dieu ont été fort belles cette année, parce qu'on s'est attaché à les rendre majestueuses plûtot que jolies.

Le jour de l'Octave, on n'est sorti qu'avec les nouveaux ornemens, moins riches, mais plus propres que les anciens.

A côté des belles tapisseries tendues devant les Hôtels des grands, on en a vu de fort simples devant les maisons des particuliers peu fortunés. Qui les pourroit croire moins agréables à un Dieu, qui préféra le denier du pauvre à l'or du riche ?

Voilà, mes chers Parisiens, voilà des observations dignes de vous, dignes de la Samaritaine. Que d'autres flattent vos gloutons & vos débauchés : qu'ils leur promettent des pâtés nouveaux & des femmes novices. N'est-ce point cependant les leurrer d'un vain espoir : car en pâtisserie comme en galanterie, on est souvent trompé par la forme & le nom. Que de PÂTÉS DE PÉRIGUEUX ont été tout uniment faits à Paris ! & cette belle, dit-on, si BRUTE, tombée de sa basse-cour au Palais Royal, ce sont moins SES POMMES DE TERRE QU'ELLE REGRETTE que le grand Julien & le gros Pierre ; soyez-en surs.

Pour vous, Parens, si l'honneur de vos filles vous est encore cher, courez chez tous les Librairs. Epuisez la troisième édition de l'Almanach dit de la Samaritaine. Si on l'imprime une quatrième fois, achetez encore. Prenez garde qu'il n'en reste un seul exemplaire, ni dans les Bibliotheques, ni sur les toilettes, ni dans les poches. Vous n'avez donc pas vu? lisez : LA MEILLEURE BANQUE DANS PARIS, C'EST UN JOLI MINOIS.

Quelle vestale, après avoir lu cette maxime, pourra résister à la séduction? Maris jaloux, comme vos femmes vont se faire valoir! comme elles deviendront

viendront éxigeantes ! comme vos Courtisannes vont être renchéries !

Quand les jours de Fête, je verrai passer nos jeunes Parisiennes, qu'elles traverseront le Pont-Neuf, en jasant, riant & folâtrant, je jugerai tout aussi-tôt qu'elles vont au Palais Royal ; respirer un air de coquetterie, ou plutôt faire admirer le leur.

Je ne serai plus tentée de leur reprocher ni enfantillage ; ni cruauté Elles ne s'amuseront plus à voir des sauts périlleux, à examiner les grimaces d'un singe, ou les révérences d'un petit chien : à admirer des tours de cartes, ou de gobelets. On n'e les verra plus au Combat du taureau. Elles n'acheteront plus ni chapelets, ni rosaires, ni cantiques; parce qu'elles n'écouteront plus les récits lamentables des malheurs de la rage, ni les miracles de Saint Hubert, que leur œil ne suivra plus avec attendrissement la baguette d'un pathétique Orateur.

Tout le tems que nos petites personnes auront en leur disposition, elles iront le passer au Palais Royal. D'abord par un air rafiné de decence, elles y brigueront indécemment les hommages des libertins. Puissent-elles jamais n'en mériter le mépris, en affichant leur deshonneur !

Si je me borne, dans cette partie de ma défense, à un petit nombre de réfléxions, ce n'est pas que je ne puisse l'étendre beaucoup plus; mais je voulois seulement prouver ici, que les prédictions qu'on m'attribue, ne sont point éxactes; & qu'en conséquence, elles ne sont pas de moi : car, si j'en étois l'Auteur, adieu toute l'astrologie; puisque de l'aveu même de mon Adversaire, personne n'est plus en état que moi, de faire un Almanach.

EXAMEN des six derniers Mois.

VOUS allez voir, mes chers Parisiens, que je dirai la vérité en prédisant, comme je l'ai fait en racontant. Toutes les nuits je m'expose au serein, pour faire mes observations astronomiques. Remarquez que c'est toujours sans télescope, sans bésicles, malgré l'âge qu'on me prête. Quel Astrologue pourroit en faire autant ? La plûpart ne découvrent à travers leur lunette *

* La Lunette placée, un animal nouveau
Parut dans cet Astre si beau (la Lune ;)

qu'une mouche qui leur fait peur. Ce pauvre insecte renfermé par hazard entre les verres, ils en font un coq, un vautour, ou un aigle : selon qu'ils le transportent dans la Lune, Mercure, ou Vénus ; mais si le télescope est malheureusement tourné du côté de Saturne, le moucheron ne peut être alors qu'un monstre d'une grosseur prodigieuse, un monde animé.

Et chacun de crier merveille.

. . . .

. . . .

Le Monarque accourut :
Il favorise en Roi ces hautes connoissances.
Le monstre dans la Lune à son tour lui parut.
C'étoit une souris cachée entre les verres.

La Font.

Quel terrible phénomène! ils entendent même son épouvantable mugissement. Maigré son énorme poids, l'animal semble léger : c'est une espéce de dragon aîlé. Si, en volant d'astres en astres, il approchoit un peu plus de la terre ; malheur à elle! il l'avaleroit d'une seule aspiration.

Cette idée les fait tomber en syncope, l'instrument leur échappe des mains, un verre se casse, le moucheron recouvre sa liberté ; & les voilà épouvantés pour la vie, d'une apparition si funeste.

Que ne se réservent-ils du moins toutes les suites de cette observation ! Mais dès le lendemain, ils font part de leur découverte à tout Paris, & chacun s'y couche dans la crainte de faire le déjeûner du monſtre. Dieu ſait de quels rêves ſont enſuite bercés tous les eſprits !

L'Aſtrologue & ſes confrères ſont cependant tous en mouvement. On ſe rend à l'Obſervatoire, on ne voit plus rien; mais on n'en eſt pas mois effrayé. La conjecture eſt que l'animal a fait un demi-tour de Saturne & que cet aſtre eſt en conjonction avec lui, relativement à nous. On calcule enſuite les viteſſes, & l'on conclut, fort heureuſement! que nous n'avons rien à craindre avant quelques jours.

Faut-il plus qu'un ciron pour jetter la consternation dans seize Royaumes ? Servez-vous de lunettes après cela ; aussi je n'en fais jamais usage : ce qui ne m'a point empêché de remarquer les erreurs de mon Adversaire. Combien j'en vais relever dans cette Partie !

Il n'y est pas seulement parlé de la Foire Saint-Laurent, elle qui fait la gloire du mois de Juillet. Eh ! que dira Nicolet ? que dira Audinet ? & vous, aimables Associés, joyeux & tristes, folâtres & pathétiques, chantans & larmoyans, tout ensemble ? Venez réclamer vos droits. Appellez en au Public que vous amuſerez pendant toute la Foire. Parce qu'un ingrat vous a oubliés, n'en chauſſez pas avec moins de courage & le Cothurne & le Brodequin. Réfugié chez vous, que Molière y ſoit dignement traité! tâchez d'en faire ſentir le mérite, & laiſſez à des Comédiens plus huppés, leur gloriole & la ſotte vanité de faire valoir de mauvais Drames.

Ne pas dire un mot de Saint-Laurent; cela n'eſt pas pardonnable. Je ne ſais même comment interprêter ce ſilence; expliquez-le-moi, Monſieur l'Aſtrologue. Avez-vous cru qu'il dût moins briller cette année, parce que le Palais-Royal a plus d'éclat que jamais ? Sachez que, digne émule de celui-ci, la Foire Saint-Laurent doit acquérir encore un nouvel éclat. Mais eût-elle dû se voir éclipsée par le luxe de sa Rivale, elle auroit du moins mérité vos regrets.

Vous n'avez donc pas vu le Zèbre, le Géant, le Général Jaco, ni les Nains, ni la Petite Chienne parlante, ni le Lion, ni le Tigre, ni le Léopard, ni le Cabinet de Physique ? Non, je le vois ; vous n'avez pas même pris de *choco* au son des cymbales & des trompettes. La voix d'une Sirène séxagénaire ne vous a point jetté dans ces douces rêveries ordinaires à qui les entend. Vous auriez avec elles, chanté Vénus & l'Amour & Cythère. Au lieu du fiel que votre bouche a distillé contre lui, tout autour de vous, tout eût retenti d'éloges en l'honneur de l'âge mûr.

Que je vous plains de n'être pas allé dans l'élégante boutique de la belle Grosset! de n'avoir pas dansé à la Redoute Chinoise, ce pays enchanté, où le plaisir se présente à tous les sens sous mille formes ravissantes!

La belle prédiction que celle

de la Séance Académique du mois d'Août ! Tout y est vrai, tout y est charmant. Je ne trouve qu'une omission dans cet article : c'est qu'il y aura à la porte de l'Académie une grande affluence d'Auteurs. Ils y resteront jusqu'à la fin de la Séance, tout en se plaignant d'une toilettte faite *in vanum.*

Bien, Messieurs les Académiciens ; formez-vous une pompeuse gallerie de Duchesses, de Marquises, de Comtesses. La canaille n'a point à s'en plaindre : elle s'est hier régalèe seule du Concert des Thuilleries ; car si des plus jolies choses, quand elles

elles sont données gratis à tout le monde. Les chaises ne s'y louoient que 24 sols; puis on est rebattu de ces entrées d'Iphigénie, de ces Marches des Sauvages, &c. &c.

Il faut comme moi, manquer de loge à l'Opéra, & ne pas beaucoup craindre la fraîcheur, pour se résoudre à aller entendre cette symphonie : encore n'est-il pas sûr que j'y aille ; oh ! je ne crois pas y aller. Pourtant y a-t'il de quoi rire, à en juger même par les discours de ceux que j'en ai vu revenir l'année passée.

Eh-bien ! je pourrai encore m'en amuser cette année, sans

ſortir de chez moi. J'entendrai tout le monde beaucoup louer de Concert, quoique la plûpart s'y ſoient ennuyés ; mais ils s'excuſeront de leur mauvais goût, ſur le tapage qui ſe faiſoit autour d'eux. Il eſt fâcheux, dira l'un, qu'on n'ait pas chanté ; vous auriez entendu Veſtris. Et *Chiron*, répondra l'autre, qui ne voudra pas être en reſte ſur les connoiſſances. Il a oui dire plus d'une fois que Veſtris eſt un Danſeur ; mais le même homme ne peut-il pas bien chanter & bien danſer ?

Cela vous fait rire, Lecteur ? vous ririez bien davantage en la compagnie de certains ſavans. Complimentez-les ſur leur ſavoir, ils vous répondront auſſi-tôt qu'ils ignorent bien des choſes ; mais après cet aveu, vous les entendriez applaudir à mille abſurdités & y répondre par mille autres, plutôt que de convenir de leur ignorance en aucune matiere dont vous leur parliez. L'amour-propre eſt une rouille qui s'attache à l'homme de mérite comme au ſot. Elle eſt, dit-on, inſupportable dans ce dernier ; cependant les taches ſont plus ſenſibles ſur l'acier qui a de l'éclat, que ſur le fer qui n'en a pas.

Que vous êtes inſipide, Samaritaine ! Pourquoi donc toujours nous parler de ſcience & de ſavans & de littérature ? cela nous ennuie à périr. Vous, Madame la Préſidente, qui avez donné quatre louis pour être ſur la liſte du Licée ? ah ! pardon, j'oubliois que tous les jours vous allez y faire une ſomme. Vous, belle Vicomteſſe, qui y donnez audience aux Rivaux de votre Epoux ? & vous, puiſſante Ducheſſe, qui ne rêvez que Licée, protectrice zélée des Profeſſeurs, qui ne reſpirez que Poéſies & Mathématiques, je vous ennuie auſſi ? Eh-bien ! faites mettre mon nom ſur la liſte ; & envoyez-moi tous les jours votre voiture, car il seroit d'un mauvais ton d'arriver à pied à cette Ecole. Quand je serai votre condisciple, je ne pourrai plus dire que du bien de notre classe; comme Piron lui-même en auroit dit de l'Académie, s'il y eût eu son fauteuil.

Ah! c'est trop plaisanter, Samaritaine; il vous est permis de vous défendre, & point du tout d'attaquer qui ne vous a point fait de mal. C'est vrai, Mesdames: comment faire cependant pour résister à l'envie de rire? En cela je suis l'usage le plus commun. Qu'importeroit au

Public que je me défendisse bien, si je ne disois de mal de personne? Pour qu'on me lise, il faut bien que je sacrifie quelquefois l'intérêt particulier à l'amusement général. En un mot, sans un peu de sel, ma Réclamation ne seroit pas supportable à lire. Mais, de grace, Mesdames, ne m'interrompez plus ; vous me faites perdre le fil de ma défense.

Pendant que nos Athlettes Littéraires attendront à la porte de l'Académie, la décision de leur sort ; pendant qu'une bouche, l'Interprête des 40 meilleurs esprits de France, prononcera le nom glorieux du vainqueur ; qu'elle fera vingt mécontens pour un heureux ; dans le même tems, mille cris de joie se feront entendre dans toutes les Thuilleries.

On n'y verra pas dans ce jour, le fameux Métra environné de ses trois cens Amateurs de nouvelles : mais le Joueur de vielle ramassera des liards, en amusant un auditoire toujours nombreux, toujours nouveau ; l'insouciant Porte-faix & la facétieuse Fruitière promèneront leurs graces dans la belle allée, en contrefaisant les grands airs.

Accourez tous ici, jeunes Artistes, amateurs de Dessins ; venez admirer les chefs-d'œuvres de vos Maîtres. Choisissez, achetez les modèles des trois classes. Vîte, employez toutes vos petites épargnes, remplissez vos porte-feuilles. Vîte, vîte, prenez garde d'être prévenus ; il seroit fâcheux que les Singouf, les Beauvarlet, les Delaunay, les*** tombassent entre les mains de quelqu'un, qui n'en connoîtroit pas le mérite. Que vous allez être heureux ! ne vous plaignez plus de la fortune, n'enviez plus les biens du millionnaire. Ce qu'il a acheté 100,000 livres, vous l'avez pour un demi-louis, à quelques taches près qui ne sont point du tableau.

Voilà de quoi vous amuser. Vous n'aurez pas trop du reste de la journée pour reconnoître vos richesses. Allons, modérez votre impatience; vous irez demain au Sallon des peintures: ce sera votre promenade de tout le mois de Septembre: quel plaisir vous y goûterez !

Le Sallon sera magnifique cette année, rempli de chefs-d'œuvres en tous les genres. On y verra des Scènes Françoises peintes avec assez de perfection, pour faire préférer les sujets modernes aux scènes antiques, la plûpart si rebattues.

Quiconque aura du goût, admirera ces Romains ; mais leurs tailles gigantesques, leurs figures si différentes des nôtres, rappellent de tristes réfléxions à l'esprit de l'Observateur ; car si ces portraits sont fidels, notre espece est bien dégénérée. Quelle est néanmoins la Parisienne, qui ne fût moins flattée de ressembler à Cornelie, qu'à la Baccante de Madame Le Brun ?

Il y aura grand concours d'amateurs, qui voulant tous avoir le même tableau, enchériront les uns sur les autres. Mais dans le moment où ils se le disputeront avec le plus de chaleur, arriv…

un homme riche, qui détruira toutes les prétentions, en offrant vingt fois plus que les Connoisseurs. Ce marché conclu, notre Acquéreur écrira sur une carte : _ce tableau appartient à Monsieur de *** Seigneur de *** & autres lieux._

Ensuite il placera cette carte, sans doute, direz-vous, sur le tableau qu'il a acheté. Point du tout ; mais sur un des plus foibles du Sallon, sur un *** voisin du premier, & qu'il a cru l'objet de l'admiration & de l'enchère. On rira beaucoup ; un mauvais plaisant osera même lui faire observer sa méprise. Celui-ci la corrigera bien par cette réponſe : » vous êtes bien peu aviſé vous-même ; ne voyez-vous pas que ce tableau eſt de même grandeur que celui que j'ai acheté ? l'Auteur en voyant ma carte, viendra chez moi ; je le ferai payer, & j'aurai les deux pendans. »

Notre obſervateur aura beau ripoſter que ces deux ſujets ne peuvent point aller enſemble, il ſera hué & ce ſera un acte de juſtice de la part du Public. Les inſolens doivent être humiliés dans toute circonſtance. Il n'eſt pas permis d'ailleurs d'ignorer le refrein : *la meilleure*

raiſon

raison du monde, c'est de l'argent, c'est de l'argent.

Un homme qui a cent mille écus de rente, peut-il jamais avoir tort? il est toujours doué d'esprit, de mœurs, de talens, de connoissances; parce qu'il ne manque jamais d'admirateurs.

Je ne vous assure point que mon portrait sera cette année, au Sallon; vous me taxeriez de vanité: mais, s'il s'y trouve, vous verrez que la Samaritaine ne manque pas encore de fraîcheur.

Ce n'est pas qu'on ne puisse juger de ma figure sans mon portrait; mais les hommes sont si décens dans ce siecle, qu'ils n'osent pas regarder fixement une femme. C'est cependant votre faute, Mesdames ; vous êtes trop farouches, trop austeres ! vous avez trop de vertu !

Chargez-vous donc de ma défense, Messieurs de l'Académie de Peinture. Je ne vous demande par d'arrondir mon visage, d'adoucir mes traits, de leur donner de la délicatesse, de l'éclat à mes lévres, à mes yeux de la vivacité : peignez-moi telle que je suis. Vous a-t-on jamais parlé ainsi ? Je vous avertis d'une chose : c'est que je me dispose à faire la critique du Sallon, & vous jugez bien que celui d'entre vous, qui ſera mon portrait, je le ménagerai. Il pourra même m'indiquer ceux de ſes confrères dont il eſt mécontent; j'aurai égard à ſa recommandation.

A la porte du Palais de l'Infante, ſe vendra l'explication des Tableaux; mais tout le monde n'en fera pas uſage; on ſe trompera d'ailleurs ſur les numéros: que d'explications plaiſantes on me fera tous les jours, au retour du ſallon! Je ne ſerai pas ſurpriſe d'entendre confondre la lyre d'Apollon avec la harpe de David; le thyrſe de Bacchus, ou le trident de Neptune avec la verge de Moyse, ou les bâtons de nos Saints Solitaires. L'un admirera Marie sous les traits de Vénus ; un Ange sous les aîles de l'Amour. Un autre frissonnera d'horreur devant l'hydre de Lerne qu'il prendra pour la bête de l'Apocalypse ; ou devant la roue de Cybele qu'il nommera Sainte Catherine.

Couverte de bonne laine, la quenouille de Lachésis ressemble à celle de Ste. Geneviéve ; les cornes de Pan rappellent celles de Moyse : que d'autres pensées ne feront-elles pas naître encore !

Cet article auroit bien mérité une place dans l'Almanach de la Samaritaine. Comment l'Auteur n'y parle-t-il pas non plus de la foire de Bezons? il aime tant les PÉLERINAGES! celui-ci est encore plus gai que les autres; car on le fait masquer. Quel plaisir n'a-t-on pas sous le masque! le Bourgeois ressemble au Gentilhomme; le Seigneur se trouve confondu avec ses gens, souvent plus élégans que lui: sous le masque, point de COLLET MONTÉ; on se parle sans orgueil, avec franchise; on se dit mutuellement les petites vérités : enfin sous la masque, on ne rougit de rien. Quel sujet d'amusement ! LA FÊTE DES HEUREUX, c'est celle de Bezons.

Elle sera cette année, plus brillante qu'elle ne l'a été depuis long-tems ; parce que le concours des masques y sera plus grand.

On établira la coutume d'aller aussi à Saint-Cloud masqué. Ce sera un spectacle charmant, que celui du bois de Boulogne rempli de *Pierrots*, qu'on prendra pour des Statues ambulantes. On y verra des sauvages, des paysans coquets, de jolis bucherons. Comme nos Demoiſelles aimeront la campagne ce jour-la ! On rencontrera des Dianes, des Nymphes ; une Société obtiendra même la permiſſion d'imiter la chaſſe Saint-Hubert. Les uns pour cela, ſeront déguiſés en chiens, d'autres en chaſſeurs ; le plus agile ſera le cerf.

Les chemins qui conduiſent à S int-Cloud, celui de mer, comme celui de terre, ſeront remplis de maſques. On y verra Jupiter en Owiscky, ou en Ballon ; Neptune en bateau, ou ſur des Sabots Elaſtiques ; & Pluton en charrette, ou dans un corbillard.

Cet établissement sera trouvé vraiment beau, & fera honneur à l'année 87.

La Fête de Saint-Denis sera aussi très-brillante cette année, quoi qu'en dise notre Almanach. Beaucoup de beau monde ira, tant en voiture, qu'à cheval; ce qui me fait espérer que dans peu, Sain-Denis deviendra rival de Longchamp. Je crains cependant que ce ne soit aux dépens de celui-ci: la plupart de nos agréables ayant à peine assez de fortune & de crédit, pour faire face aux dépenses, qu'occasionne une seule assemblée de cette espéce.

Au reste, ceux qui n'auront pas le moyen de se procurer des chevaux, prendront des ânes: quand on aura perdu la confiance du Sellier, on aura recours au Papetier; puisque les cabriolets de carton sont aussi de mode. La langue y gagnera une nouvelle expression; on ne se plaindra plus seulement de s'être brisé contre telle borne; on pourra dire encore: le vent a déchiré ma voiture, au tournant de telle rue.

Tout le monde dorenavant partira pour la campagne, aussi tôt après Longchamp, & en reviendra pour la St.-Denis. Cela mettra de l'ordre dans la manière de vivre des honnêtes gens.

A cette époque se renouvelleront les plaintes du peuple sur les cabriolets. Pendant six mois que la plupart ont été à la campagne, les piétons ont presqu'oublié l'art de s'exquiver, en franchissant un ruisseau, en sautant une borne, en se jettant contre un mur : mais on se rappellera peu-à-peu son agilité & l'on cessera de se plaindre. Avec raison, car comment demander l'interdiction des cabriolets, quand on considére l'adresse de nos jeunes Seigneurs à les conduire ? Ils passent au milieu des plus grandes foules, sans presqu'aucun danger ; & à bien calculer, il n'est pas de cabriolet qui o ue plus d'un, ou deux hommes par an. Pour les pieds écrasés, pour les froissures, je n'en parle pas ; ces petits malheurs se réparent facilement : on donne au blessé, 12 liv. & une lettre de recommandation pour l'Hôtel Dieu.

Mon Adversaire a encore oublié de vous parler de la Fête des Musiciens qui arrive en Novembre. La Messe qu'ils chanteront, sera d'un roussant, dont on ne peut se former qu'une idée très-imparfaite. L'Eglise de

S. Eustache sera remplie d'amateurs ; on en verra jusques près lès voûtes.

La Musique des Vêpres sera excellente aussi, mais rendue avec moins de perfection. Quelques notes manquées, ou ajoutées de tems en tems, par certains de ces Messieurs, feront voir qu'ils ne vivent pas seulement de Musique ; & qu'outre les trois Clefs dont ils usent par métier, ils connoissent encore celle de la cave.

Malheureusement il y aura à cette symphonie, plus de connoisseurs encòre qu'à celle du matin ; mais les connoisseurs doivent

doivent ſavoir qu'on n'obtient les bonnes grâces d'Euterpe & Terpſicore, qu'en faiſant la cour à Bacchus.

Le mois de Décembre s'annoncera par des froids cuiſans. Enſuite des neiges abondantes rendront nos rues propices aux traîneaux : on en verra par toute la ville. Une ſociété de Princes & Seigneurs ſe rendra en traîneaux, au Palais Royal, & offrira aux yeux du Public, tout ce que le goût peut imaginer de plus élégant en cette partie.

Je déſirerois bien vous parler auſſi des jolis ouvrages que l'on préparera alors pour les étrennes; mais il n'est pas de Marchande de modes, dont l'imagination n'offrît le sujet d'un précis d'une heure de lecture. On finiroit par admirer leur gout, & dire avec mon Adversaire: LA SAMARITAINE EST UNE BAVARDE.

Tout le monde cependant doit dans ce moment-ci, être persuadé du contraire; car je n'ai rien dit que je ne fusse obligée de le dire pour ma défense.

Enfin, Lecteur, vous devez être persuadé de mon innocence sur toutes les imputations portées contre moi. S'il vous restoit encore le moindre doute, je vous prie de remarquer ma derniere réfléxion : elle doit anéantir la calomnie.

Accablée d'insultes depuis six mois, je n'y ai pas encore répondu, & cependant je suis femme, on dit même vieille; ce qui rendroit la chose absolument incroyable; car quoique bien des fois j'aye gémi de ne pas pouvoir faire entendre ma voix, tout le monde conviendra que je n'ai pas fait pour rompre le silence, tout ce qui est au pouvoir d'une femme. Est-il rien qui puisse l'empêcher de parler ? Oh ! d'après cela, je ne suis par vieille.

A la vérité j'ai été avertie un peu tard de ce qui se disoit contre moi. Eole est honnête, il a craint de me faire de la peine; & je n'ai pas su cette nouvelle, quand elle se soufloit, mais seulement quand elle a eté NOUVELLE COURANTE. La Seine mon amie n'a pas pu me la cacher, & je lui ai obligation de son avis.

J'allois répondre sur le champ, quand j'ai songé qu'il étoit plus prudent d'attendre que les esprits fussent disposés en ma faveur; parce qu'après avoir été quelque tems d'un parti, ils doivent embrasser le parti contraire.

Ensuite il est venu des mauvais tems, & moi qui n'ai de messagers que les flots, j'ai craint d'exposer ma justification à l'impétuosité des vents. Quand une fois ces voltigeurs là sont échappés de leur prison, Eole n'en est plus le maître ; & sa protection m'eût été inutile, même auprès des plus tranquilles. Ces Messieurs sont comme les Huissiers, cruels par goût, autant que par état : à peine lâchés, ils balayent sans distinction tout ce qu'ils rencontrent ; & crainte de reconnoître leur père, ils se boucheroient les yeux.

Dans cet embarras, j'aurois pu faire annoncer mon Mémoire ; on seroit venu le chercher chez moi : mais il eût fallu le distribuer gratis, ou bien transformer mon château en une boutique de Libraire. Je n'ai point de gallerie, où j'eusse pu le faire vendre sans indécence ; & ma foi, le tems est si dur, que nous Seigneurs, nous sommes obligés comme tout le monde, de tirer parti des plus petites choses.

Si ma cause eût été douteuse, j'aurois pu faire ce sacrifice pour prévenir un peu le Public. Comme elle est évidemment bonne, je n'ai pas besoin de tant de précaution. L'amour de la grandeur eût pu seul me porter à un acte de désintéressement comme celui-là ; mais je n'ai point de gloriole, & jamais je ne me ruinerai pour faire croire que je sois millionnaire.

Enfin, quoiqu'elle paroisse un peu tard, ma défense n'en sera par moins goûtée, je l'espère ; & le long triomphe dont a joui mon Adversaire, ne donnera que plus d'éclat au mien.

FIN.

P. S. J'apprends dans l'instant une nouvelle assez singuliere. Il court, dit-on, dans le monde, une Chanson qui passe pour m'avoir été adressée. La voici :

COUPLETS, (1)

Sur une Épingle à Poignard.

AIR : *Mon honneur dit, &c.*

» BRILLANT Poignard, ô ma seule espérance,
» Tu vas servir mes amoureux projets :
» Sois le gardien de la beauté d'Hortence ;
» Il en faut un, quand on a tant d'attraits.
» De son beau sein, ton asyle ordinaire,
» Ferme l'entrée aux regards curieux ;
» Sur son fichu répands une lumière,
» Qui des Amans éblouisse les yeux.

(1) *Ces Couplets, ajoute-t-on, doivent paroître incessamment avec une Musique nouvelle de M. de Ferrier.*

» Si l'un d'entre eux apportoit une rose,
» Et qu'il voulût lui-même la placer;
» A son désir que ta pointe s'oppose,
» Tu le verras bientôt y renoncer.
» Je crains les fleurs; de l'Amour c'est l'emblême;
» De leur parfum s'exhale un doux poison,
» Qui forceroit la Sagesse elle-même,
» En cet instant, à perdre la raison.

» A ses genoux, si Lindor plein de flamme,
» Lui proposoit de vivre sous sa loi;
» Pour appaiser les transports de son ame,
» Montre ces mots qu'elle traça sur toi:
» *A son Louis promet la jeune Hortence,*
» *De n'écouter jamais aucun Amant.*
» Lindor perdant alors toute espérance,
» Ira former un autre engagement.

» Si par malheur, (à tout il faut s'attendre.)
» Malgré ton zèle & mes ſoins vigilans,
» Cette beauté ſe laſſant de m'entendre,
» Briſoit nos nœuds & rompoit nos ſermens;
» Perce ſon cœur, punis cette infidèle...
» De ſes mépris ſa mort me vengeroit;
» Mais je ſerois bien plus à plaindre qu'elle,
» Son ſouvenir, hélas! me reſteroit.

La critique eſt bien inconſéquente cette fois : ai je jamais porté d'épingle à poignard ? A peine connois-je ſeulement cette nouvelle mode. Quelle forme prête-t-on à ce *brillant poignard* de la Samaritaine? A-t-il coûté cinquante mille écus, comme celui de la jolie *** ?

Non sans doute, on ne donne pas ma pratique à des Epingliers aussi renchéris.

ERRATA.

Des Crues d'eau survenues dans le tems qu'on imprimoit cette Défense, m'ont empêché d'en soigner les épreuves; mais j'aime mieux qu'on me reproche d'y avoir laissé quelques fautes Typographiques, que d'avoir manqué à mes devoirs de *Grande Epuratrice des eaux de Paris.*

La Samaritaine.

www.ingramcontent.com/pod-product-compliance
Lightning Source LLC
LaVergne TN
LVHW020330230826
846091LV00003B/824
9782329133515